歌集

花《はな》高《こう》野《や》

道浦母都子

Michiura Motoko

角川書店

花高野＊目次

装幀　間村俊一
写真　鬼海弘雄

歌集　花高野

道浦母都子

ベナレス

家　路

嵐去りカーテン開き見る庭に木瓜《ぼけ》の実二つ転がりてあり

雷鳴はすでに遠のき再びの無人駅舎のような家ぬち

解凍を終えたる魚の青光り玄界灘を想起するまで

新聞の届かぬ旗日《はたび》遺失物探すがごとくポストを覗く

口紅をひきつつ思う慰安婦のくちびる紅く光っていたか

完熟の無花果食みぬこの秋の初めの一歩促すために

吉田神社の大き鳥居をくぐるたび背丈一寸伸びた気がする

白足袋にちんまり収まる右の足にぎりバサミのかたちに開く

夕凪に夕庭、夕駅、それぞれに夕を戴き美《は》しき日本語

妻のため娘のために部下のため生命断つ男性《ひと》みな靴を脱ぎ

美しき死というべきか一条《すじ》の抜け髪拾う光の中を

家路とはあたたかきみち待つ人のなきわたくしも家路を急ぐ

「職業は雲の旅人」きっぱりと言い放ちたし秋どまんなか

雨傘

底冷えの夜なり独りうたつくる炬燵の上にケイタイを置き

鏡台の中に雪降る気配してしばし紅筆とどめて居りつ

インカの目覚めはジャガイモの名

かそかなる音立て夕べの厨にて楽しみ剝かん「インカの目覚め」

雨音の激しくなりてペンを置くうたよむ心湿りはじめて

テレビ切り独りに戻る雨の夜のうつしみ平凡そして厄介

くつ下は脱ぎ捨てられてうずくまりそこに集まる風の宿あり

書き淀み窓にもたれて佇ち思うたった今欲し一人の声が

水道橋お茶の水橋飯田橋それとなく呼ぶ雨傘のなか

暗く澄む雨降りやまず皇居前広場に佇ちて人待ち居れば

東京に住まぬと決めしなりゆきに苦き一人とのかかわりのあり

一筆箋

さゆさゆと夕陽だまりの梅林にほの甘やかな匂いの気配

白梅はいまだ開かずおのずから拳のような蕾を握る

ゆるやかな傾《なだ》りを下りて梅林に注ぐ冬陽を水のごと浴ぶ

あたたかき陽射しにまみれ梅林にやわき蕾を触わらんとす

ぽぽーんと花のほころぶ音聞こゆささやかなれど明日は如月

風花となりし昼過ぎうつうつと泡立つ心に小豆粥炊く

母の忌は如月九日中庭の水仙摘みて花を拭わん

なましろき水仙の首切り揃え墓前に来れば雲ひとつなし

「もっちゃん」と呼ばるることももうなくて芯まで静か母の奥津城

シクラメンに水やる朝の窓越しの光ひらめく今日より弥生

誰に出すとも当てのなきまま一筆箋選びていたりバスを待つ間に

コンビニの青年の頰は魚のごと蒼く透きいて美しきうお

新キャベツ両手に摑み捥ぎてみる力仕事は春のことぶれ

選歌する手の冷えきりてストーブの暖の流れにやさしさを欲る

わたしだけは死なぬと思う折ふしの衝動ひしひし己励ます

紀州行

朝毎の森の目覚めのほの蒼さ霧のベールを脱ぎすてて　夏

てのひらに桜桃「佐藤錦」一粒を置きてタイ式瞑想をする

発症より十三年目いまだ病み闇のこころを開けずにいる

万歩計腰にぶら下げ紫陽花の露したたれる傾《なだ》りを下る

六月二十一日は先生の忌　近藤芳美生誕記念号読む

紀州行　豪雨警報つのるなか半島南下していくわれは

紀の川に降る雨の色　海藻を広げたような雲海のいろ

紀伊水道　枯木灘過ぎ熊野灘　海の濁りの濃くなるばかり

ブーゲンビリアの花のちりちり　どこみても雨　したたかな雨

旅先のホテルの朝も服薬を忘れぬわれはほろ苦きわれ

洪水警報ようやく解除の紀伊の国　解除されざる締め切り三つ

紫陽花の露消ゆる昼　蛍狩りに誘《いざな》う声は点滅をせり

赤き瑪瑙の勾玉光る卓上に食後飲むべき錠剤並ぶ

雨なのに乾く口中《こうちゅう》　那智黒の闇いろ舐めて車中に眠る

しんなりと首垂れているダチュラ　もうわたくしはうなだれないの

パラソル

枇杷の実のかたちの月を抱く闇　豪雨警報解かれたる空

南紀州の風に揉まれてきたるゆえしいんと涼しこころとからだ

クーラーを除湿に換えて眠らんとすれば湧き出す髪より雲が

底紅の木槿思わすチマチョゴリ身につけ会いに行きし　かの夏

寂しいのは貴女もなのね日曜の夜のメールは末摘花の君

湧くように夏は来ていてフクシマの土を踏みにしスニーカー鳴る

会うことは疲れるものか十人の人と出会いてポケット重し

パラソルの黒を選びて家を出ぬ空のじりじり薄めんとして

昨日見た広島の河いまだしも体の中を流れ流れて

人断ちをしてひきこもる夏時間　黙禱のため　逃亡のため

自らの歌読み返し疲れ果つうたは私の影武者である

清掃ロボット　羽のない扇風機　どこかいびつの夏の身めぐり

ベナレス

秋明菊眺めてここはニッポンとひとり肯く旅より戻り

ガンジスの流れに触れし踝《くるぶし》を夕べさすれば無花果のごと

コブのある牛は神様のたのたと街路《みち》に寝そべり人間《ひと》を見て居り

物乞いの少女の両眼つぶれいてルピーを渡す雨上がる頃

ガンジスを渡る河ぶね秋光を眩しくまとい聖者のごとし

「死を待つ家」にひたすら死を待つ老いびとの動かざる眼は他界を見る目

チャイ飲みてインドの月のまどかさを引き寄せんとす詩を掬わんと

ベナレスは沈んだ顔した牛の町かあんと乾いた風たまるまち

空の透明いずこも同じたんねんに眼鏡ぬぐえばベナレス近し

いっさいのこころ無になれベナレスに人の匂いの濃き風が吹く

鳩時計

書きよどみ薔薇の匂いのチャイを飲むインドの空をたぐり寄せつつ

大阿闍梨逝きたる朝の遠山の霧の白さは白絹《すずし》のしろさ

三日間とまったままの鳩時計　置いてきぼりの時間はどこへ

試着室にとじこめられて秋物のジャケットはおる夏を脱ぎ捨て

新しき服のタグ切るよろこびを花の開花にたとえてみたし

マンデラ

洋行の言葉なつかしひさびさのインドの旅より戻りたる今

届きたるゲラに朱を入れ読み返すいつか来た道辿るかのごと

ペアルック夫婦《めおと》茶碗に夫婦の日いずれも無縁なんくるないさ

新しき歌集届きてゆんわりと扉ひらけば運河の匂い

花切手千切りて貼りて琉球のあなたの元へヤマトの冬を

ひさびさに磨くガラス戸広縁に届く光の冬のことぶれ

花びらの冷たきやわさ山茶花の白きくちびるものほしそうに

緞帳は上がり華やぎ下がりては水を得たかにいきいきとせり

ダーク・ローズの紅差す指の水平の動き見て居り手鏡の中

もう長く訪れぬままの動物園確かあそこにあった望郷

哀しみはからだとこころの折り合いをつける間もなく差し違うこと

野路菊の花群しずか時雨のち晴れとなりたる難波江の空

青ニラの青清々し逝きたりと言えど眩ゆきネルソン・マンデラ

黒手袋

カーテンのレースを透かし飛ぶ蝶の双翼見れば秋こぼれくる

ひとついのちの過ぎたる後の光跡か蟬の抜け殻ほのぼのと見む

『反花篇』は河野愛子歌集

『反花篇』読み返す夜をカサブランカののけぞるような花首白し

河野愛子は享年六十六歳若からず老いすぎず潔き死ぞ

わたくしも河野愛子の死の歳に至れど遠し魚文の光

年々に髪細くなり黒手袋の似合う大人の女性となれず

百済のあめ

銃口

あらたまの睦月一日新冊のエンディングノートを座卓に開く

「紀州の海に流して下さい」第一ページ散骨依頼は昨年のまま

午前三時の電話の主は誰なのか十日に一度コール三回

星宿はなべて銃口ねらわれているのは地球いいえわたくし

桜木の根元ほのかに膨らみて春を産まんとうっすらと紅

生きていれば百歳となる亡き母の手編みの帽子サフランのいろ

緑内障検査予約を終えて去る眼科医院は樹海のごとし

はやぶさを見むとてカーテン押し開く夜来の雨の上がりたる朝

コーヒーの闇の深さで一日の運気占う良きことあるか

安定剤離せぬままの十六年こんな生活もう投げ出したい

曜日忘れこくこく暮らし二月四日いちにち遅れの恵方《えほう》巻き食む

草食系に傾きつつある短歌かとやや濃い口の獺祭《だつさい》を飲む

黒革の手帳の表紙の暗黒が夜を深くしせり上がりくる

眼鏡拭く机上のじかん窓越しにブーメランのかたちの月が
バリの塩レタスのうえにサリサリと振りかけみれば霜のごとしも

家系

秋彼岸　ひとつ思いを手離すと父母の墓前に告げているなり

昨夜来考え続ける「墓じまい」わたしで終わる一つ家系は

クリスマスローズの蕾さわれどまだかたし冬と春との落とし子のごと

水仙のしたたるような夜の香り病む人の辺に辿りつくべし

メールにはメールで返すいたわりの言葉といえど所詮空文字《から》

修正インク塗っていたとき来しメール確かに君の声なきことば

秋の日に大阪・新地で八海山呑みて競いてそれっきりなり

対馬に咲くヒトツバタゴの花見たし雪のごとくに島を覆うと

寂しい二人の寂しさ二倍になるだろう試合開始のホイッスル鳴る

後姿

タラップを降り立つオバマの靴は踏む九十年ぶりキューバの土を

父の里桜　母の枝垂れ　主《あるじ》なき古木となれど春を息衝く

晴れ晴れとボケの五弁の花開く椿咲き終え桜の季まで

ロングブーツ今日でしまわんフランネルの布で拭えり疲れし靴を

広縁にロッキングチェアを移し終え『シニア左翼』なる新書を開く

「シニア左翼」と呼ばれるわれも揺り椅子にくつろぐわれもいずれも私

ファックスが運びくる文字かすれつつ「津島佑子逝去　享年六十八歳」同い年の死

ゆっくりと卵黄かたまるさま見ると初恋実るまでの輝き

あおぎ見る枝垂れ桜は冷え著き外気をまとい泰然と冬

雀きて鶫きて黒き猫がくる水飲み場にも自然の序列

躁が来た　からだに漲る水分が一気に沸騰したかのように

優しき夢から覚めたる朝の風合はしめし合いたる出会いのような

カシュガルまで共に旅して葉煙草の精かと思いし津島佑子亡き

家中の抽き出し開き笑い出す錯覚なれど眠れずにいる

いち早く心の森に春を呼ぶ　一人の後姿《うしろで》遊ばせながら

御陵前

きよらかな光あふれる朝の庭さくら落葉を掃き寄せんとす

庭そうじ久しく忘れ過ぎし日々離れの軒にスズメバチの巣が

父の忌は明後日なり花八つ手ぱっとはじけてぽん菓子のよう

嵩だかの日曜朝刊めくらんとする手がいつしかビラ撒きの手に

青きレモンと新米詰められダンボール届きて坐る三和土の土に

「猫だまし」と呼ぶ妙技ある大相撲「文法だまし」あれば楽しき

小池光歌集『思川の岸辺』を読む

思川を指に辿りぬただ一度こえを聞きたる小池和子さん

バス停「御陵前」過ぎ雨に遭う百済のあめか虹のいろして

忘れてはならぬ雨の夜「安保法案」が「安保法」にと変貌したる日

君の忌過ぎ父の忌過ぎて山茶花の息呑む白に弟月のあめ

抽き出し

こころ静かにうたに向くときなやましき心ようよう解《ほど》けゆくなり

ひきこもり今日で七日目しとしとと頭の中は霧雨模様

素っ気ないメールよこした男には煮崩れカボチャ投げてやりたし

省みて去年のわたしは熱かった国会デモに四度《たび》出かけて

クリーニングのビニール袋ぶら下げて降りゆく坂に山茶花ほのか

釣り銭に残るぬくとさピザーラの宅配青年黒縁メガネ

コスモスの柔き花びら秋風は抽き出し開くように遊ぶも

土佐堀川

時雨雲　西から東へ移りゆく沈みがちなるわれを残して

カーテンを閉じんとすると十日月未練がましく蒼光りする

安定剤ふくみ講座に出講す土佐堀川を車窓より見て

クリニックの待ちじかんをつぶさんと宮沢賢治を書架より選ぶ

だましだまし押し殺している愛恋の噴き出すころか冬のサルビア

箸立て

霜降といえどぬくとき陽光が梔子公園のベンチを包む

亡き母の残しし草履下駄箱の最上段にいまだ鎮座す

大根をおろす右手に冬の陽が握手をせんと光を伸ばす

自由とは勝手であるか集団を離れ水飲む白鳩がいる

手動ドア閉ざさんとして振り返る昔のひとの気配を感じ

水の仙人　水仙一束活けられて湖畔思わす調剤薬局

冬時雨　レインコートの群青を叩く雨《あま》あし箸立てのよう

ひとの声聞きたき夜更け恵方巻き咥えゆるゆる南南西を

「シュンギク」と声に出しては春を呼ぶ春の青菜の浪速春菊

自転車が無性に欲しき正午過ぎ白山茶花の花首を捥ぐ

束ね置きし喪中葉書を今日は捨つ雨の上がりし三月三日

稲　妻

のれそれの細き透明呑み込みてわが身ほのかに透けるがごとし

加湿器より昇るほわほわすでに春ここに来ている物欲し顔で

窓の結露拭えば見ゆるキビタキのオリーブ色の春呼ぶすがた

地図にないイスラム国を探さんと地球儀まわせば世界は穏し

斧のかたちのアラビア半島ラクダ踏む砂漠の匂いテロ生む匂い

卵割るかろさでいのち奪われる外つ国にしてこの国もまた

テレビ切りやるせなきまま寝転びぬわたしにできる何があるのか

亡きひとの記憶鋭し稲妻のように閃きこころいたぶる

希望

名残りのさくら訪ねて来たる洛北の坂道険し足元重し

気力なき今日の私は「戦力外通知」受けたる野手のごとしも

雪柳触れんとするに素っ気なく関係ないわと花をこぼせり

前を行く白スニーカーの長身は山本義隆七十四歳

物理学者から科学史家への転身を少し知りつつ深きは聞かず

卵黄のいろを思わす山吹の五弁の花のあでやかな照り

こころ涼しき科学者ならん植物の名前に聡く里人のごと

くちびるで受けてもみたしさくらさくら天空の綺羅さくら花びら

今朝やっと自治会当番任期終え『伊藤野枝伝』読み始めたり

缶は手でペットボトルは足で踏む人を殺すにこころはいらず

野枝は虐殺された

殺されし野枝の墓石自然石　写真を前に合掌をする

雨上がり仰ぐ蒼穹　絶命の間際に野枝は希望を見たか

てのひらから桜花びら湧く夢を見しより近き君の息衝き

ありふれた人生がよし亡き母の口ぐせ思う米研ぐたびに

畳んだり広げてみたり約束は麻の葉模様の風呂敷のよう

湯　葉

スマートフォンに触るる指先おともなく水面《みなも》に沈む花びらのごと

灘の酒ほのあたたかき志野焼の猪口にて飲めば遊女の気分

花の雨　郵便ポストの朱を叩きソメイヨシノの薄紅たたく

湯葉をひく豆乳やさし乳いろはこころ静かにしまう紙箱

今朝会いし双子のおみな子御なまえは「カンナ」と「ゆうな」からんと楽し

「いい子でした」「まさかあの子が」友人を殺めた少女視界より消ゆ

ぼったりと椿の花の落ちるさま近未来日本を見ているようだ

木瓜という花ののどけさボケという言葉はひとを悲しませるに

直立のままに末枯れし水仙は挙手の兵士を思わすはなぜ

突然に姿消したる庭池のメダカの出奔いぶかしむべし

メダカにはメダカの時間ぼたんにはぼたんの時間よろめく五月

若葉雨降りて真昼の書庫暗し『一葉全集』しめやかにあり

ぎとぎととコーヒー豆を挽く音が梅雨入り前の空気震わす

保冷庫にほくほく顔で転がって「インカの目覚め」呼べど答えず

「殺」の字が紙面に増えて黒光るドクダミのごとねばねばとして

「殺したいから殺す」この順接は日本語として一応正し

人を殺めし後の時間の少女にはセーラー服は似合っているか

高瀬川、誠鏡、まぼろし、蒸し暑き今宵の冷酒はなやかに呑む

蚊帳布巾《かやぶきん》しぼりて一日の家事終わりゆくり開かるる歌人のじかん

露草は朝よみがえり花開く夜の泉の蜜を吸い上げ

一心寺さんに永代供養に行く朝のぬばたまのくろ日傘と靴と

ヤマトンチュー

戦死者は島民の四人に一人　沖縄の土踏むときの深きおののき

那覇に来てヤマトンチューと呼ばるると体のどこか軋みはじめる

おずおずと来たる辺野古のゲート前小さき椅子に畏れつつ座す

許されたきわたしを知るかうなだれて花を揺るがす軍配昼顔

のどかなる辺野古の海の風に乗りいのち光らせ白蝶が飛ぶ

スニーカー

サヌールの風

機窓より海消え突然陸が見えデンパサール空港すでに着陸

雨季のバリ　タラップ降りる足元をおぼろに湿る風擦りてゆく

冬期ウツ今年も巡りニッポンの寒さ逃れてこの島に来ぬ

気分少し向上　秘薬いえ常備用安定剤効きはじめたか
発症より十六年過ぐ寛解に至らぬ体なさけないからだ

やわらかくそしてもみくちゃやみくもにからだを包めサヌールの風

街辻を行き交う犬たちよく見るといずれも垂れ目福相ばかり

色白と言われるわれもアジア人　金の産毛の白人眩し

天蓋付きダブルベッドに寝そべりて行くあてのなき浮子《ブイ》のごとしも

塀の向こうに広がる水田　ここはアジア　夕暮れ似合う米作のくに

新聞もテレビもあらず素潜りをするかのごとき時間流れる

きゅるきゅると守宮鳴き出す夜の部屋なまあたたかき声ゆえ怯ゆ

半分は壊れてしまったわたくしと木椅子の上にぺたんと座る

たった一枚絵葉書求めパリを立つ朝に記しぬ気になる人に

綿菓子

朝の気をたっぷり吸いて鉢移す新芽鋭きシンビジウムの

「花は裏切りません」バリ島に会いたる占い師三回言いき口角を上げ

三日前までバリの空気に浸りいしからだなれども今朝はどんより

石蕗の末枯れた茎が綿菓子のように突っ立ちこちら向いてる

シクラメンの萎れた花びら取り除き水やるときの手の仕草好き

清掃車追いつつ走る青年の金色の髪冬日に揺れる

昼風呂に浸りからだをあたためん心よこころほぐれておくれ

宅配が来て書留届きピザーラが来る今日の来客若者三人

おうとと呼びて捨て置く愛恋にしずしずしずと弟月の雨

ヘヴンリー・ブルーの朝顔のたね届けられ夏を待つなり紙箱のなか

「初めの一歩」踏みはずしてより辻褄の合わぬ人生たぶんこのまま

丹　波

母の名は百合子

生きていれば今日で百歳亡き母に一月四日カサブランカを

伏見より清酒ぶら下げ来し友とぼたん鍋食む丹波のぼたん

ぼたんは猪の肉

水仙は嘘つきの花倒れたらそのまま眠り死んだふりする

眠る国いえ死んでいる国なのか　シュプレヒコール聞こえてこない

今日は大寒　萎れシクラメンの花びらを千切って散らす手水鉢の水に

直立のままに末枯れて石蕗は球体となり離陸せんとす

リップクリームつけたる後のくちびるの蒼白《あおじろ》き照り　言いたきことは？

飢餓　貧困　原発　難民　テロリズム　地球の傷はわたくしの傷

空腹感湧かぬ一日の終わりにはポカリスエット立ったまま飲む

銃規制は必要

ゆっくりと光り流れたあのときのオバマのなみだ忘れずにいる

このしろ

どんよりの心たずさえ行く旅の丹後半島雲厚き空

追悼文かたく辞退すただ一言「いい男だった」と言いたきものを

台湾土産のロンジン純金腕時計巻きてみるなり冷えし手首に

昔の人とすでにいうべき丈夫《ますらお》のたましい渡る彼岸へ　ひょいと

あんなにも恨んでいたのに昔の人となりたる君は寒の水仙

しみしみとこのかいしろい寿司の酢の味をかみしめ居ればほどけるか悲も

記憶たぐれどなべて幻生き残るわれはぬくとき緑茶を啜る

丹後ちりめんの匂い袋の濃き香りかの死者の香は青杉《せいしん》のごと

思い出すとは生者の傲りひたすらに死者は思い出されているばかりのみ

村雨は生き抜く者の切なさを包みて揺らす山茶花の白

落ち込みて夕べ帰れば庭先に精霊のごと石蕗に雨

手　櫛

ポインセチアのくすみし赤葉たれている冬ざれの今日朔日冬至

亡きひとの形見となりし腕時計はずさず眠る十日余りを

羽生結弦の直立姿勢美しく影も直立リンクの白に

手櫛という優しきクシでくしけずるか細くなりし黒長髪を

初仕事のファックス十枚流し終え抜けがらとなるわたしの言葉

淡水産ライスパールの米粒を思わすひかり鳩尾《みぞおち》のうえ

マッコリは甘酒に似て呑み干せば「さくらさくら」を歌いたくなる

ネックレス首に吊るして覗き見る鏡の向こうの不機嫌なひと

ちょろちょろと水を吐きつぐ錆びついた蛇口よ君は高齢者だな

ただ一度幸手《さつて》の我が家に訪ね来て飲みに飲んだり田井安曇兄

ヒール

銀座にも雲はあるかと見上げ居り銀座二丁目黒日傘手に

ひりひりと蒸れる国会正門前ヒールのままでビラ撒きをする

褐色のベスト姿で突っ立って議事堂睨む山本義隆

『永続敗戦論』読みて疲れし両の目に湖水のような目薬を差す

戦後という言葉のまとうほの甘さコトバは人を裏切るものを

炎天下制服高校生のデモ隊が渋谷をいけば涙ぐましき

歌ノート開きて閉じてまた開く強行採決決議の夜を

国会を取り巻くデモを映像に見つつ悔しむ浪速のわれは

からだまるごと民主主義なる鶴見俊輔木槿群れ咲く夏日に逝けり

がらんどう

敗戦を終戦と呼び七十年虚しき国に百日草咲く

黙禱は寂しき行為ひぐらしの声たけだけし今日広島忌

三百十万のたましいひしめきて雲一つなき今朝の蒼穹

スニーカーの紐かたく締め立ち上がるもう戻らない私と決め

ざざ降りの雨憎々し新幹線「のぞみ」A席窓際に居て

名古屋過ぎはつか明るくなりし空晴雨兼用傘を取り出す

国会議事堂前反原発小屋のなか南相馬の秋雨の匂い

足元のおぼおぼあやうきわたくしもシニア左翼と呼ばれるひとり

ジグザグもシュプレヒコールもなきデモに夏の雨降るしずやかに降る

遠ざかりまた湧き上がる悔しさよデモより帰る濡れたからだに

こんなときも帰りゆくべき家のありだあれもいないがらんどうのいえ

むくろ

情緒不安性チックはじまる「安保法案」「安保法」と名を変えるころ

往路より復路みじめな「のぞみ」号デモに疲れたからだ預けて

こんな国にしがみついてる一人かと餡パン齧り齧りてほろり

セーターにしがみついてるイノコズチはがさんとして地べたにしゃがむ

こんなにも心沈んでいるときもスーパームーン影曳き昇る

国会議事堂左右対称の形象はなにごともなかりしごとく静もりてあり

悔しさはひとをいやすかすんなりと秋明菊の風の中の静

水平射撃の銃口のごと花開く鉄砲百合は秋の標的

スズメ蜂のむくろゆっくり拾い上ぐ完全な死はあたたかきかな

ら

ち

橋わたるときのてのひら柔くなりつかみたくなる男の子の髪を

広辞苑第四版二五六五ページ第四段筆頭に「拉致」なる言葉粛々とあり

らちらちらちらち耳深くまでこびりつき冴するなりラチラチラチラチと

「らち」の母音は「あい」ゆらゆらと沈むニッポン愛を手放し

日韓条約記念切手に並び立つチマチョゴリと和服の女性

安定剤頼みの今日は外界の秋光浴びて柿になりたし

絶対的犬派のわれは黒猫の鳴き声聞けばクシャミ三回

「ダスキンさん」と呼ぶ女性来てわたくしの所在範囲を美しくする

応接室のピアノは夜毎舟となり辺野古の海にこぎ出さんとす

右下がり

花の昼　美しすぎて時忘れ牡丹桜の落花を集む

天を刺しわたしの冷たき嘘を刺ししいんと静もるアイリスの青

固定資産税納税通知書今朝届きニッポン出奔願望つのる

帰宅して靴揃えんとしゃがむとき湖西線より見し琵琶湖見ゆ

けぶるのは神経なのか心《うら》なのかウツギの白の晴れわたる日を

芍薬の蕾のままを切りて活くあやしき声にそそのかされて

なめらかなバラの匂いに浸りつつ『おひとりさまの最期』を開く

若葉風吹き込む書庫の文箱より逝きたるひとの手紙出て来ぬ

亡きひとの手紙の文字の右下がり読みつつ飲まん鉄観音茶

金時鐘氏に大佛次郎賞

金《キム》時《シ》鐘《ジョン》八十七歳在日を生きて詩を生み清々といま

憎むべき日本語使い詩を書くは苦汁なりしと涙ぐまれぬ

悲しみが棒立ちとなり天を刺すアイリスの青声をもらさず

バスから見える白の斑点いち早く夏をばらまく花山帽子

津島佑子の別れの会の明くる夜銀座ルパンで水をこぼせり

ジャムの瓶に八分溜まった五百円玉動くともなく冬眠している

「老いらくの恋」にて自死を選ばんとせし川田順六十六歳

「晩節をけがすな」とはいえわたくしの晩節いつの日からか

オバマ

ようやくに茅花流しの雨上がり紋白蝶がどこからか湧く

さくらんぼ届きて木箱のフタを開け日傘の明るさくらくらとする

落ち着いてと自ら言えど落ち着くべきこころはどこに着地するのか

紫陽花の森を巡りて吹く風は八畳の間に水霊運ぶ

久々に「世界」を読みて世界とはこのたゆたえるセカイのことか

生涯が戦後であれと祈るごとどくだみ十字雨にかがやく

買いしまま開かぬままの『わりなき恋』雨が続けば開いてもみん

皇妃美智子樺美智子同名の二人の生の埋めがたき差よ

「樺忌」は今年で喜寿と新聞のコラムに知りて揺り椅子を立つ

ミカン水レモン水などありし日の小遣い五円ケンケンパッパ

末枯れたる秋明菊の立ち姿ほのぼの思う井上八千代

雨続き下駄箱上の夏帽子遺品のごとく静止している

ユニセフの画像の子供の大きな瞳「うたうってなあに　短歌ってなあに」

苦しみ抜き一燈園を訪ねたる今井邦子を折ふし思う

選歌するこころは一途　投稿の葉書に向かえば星のしずけさ

長身のオバマの靴がゆったりとヒロシマを踏みヒロシマ癒す

「あやまれ」の声はあれども「ありがとう」オバマ氏来たりヒロシマの地に

もしもオバマが白人ならばヒロシマはいまだし遠きアメリカのこころ

アカンサス

紫陽花の森に分け入り佇ち偲ぶ近藤先生今日十年忌

アカンサス忌過ぎてたちまち七夕に夏の時間は迅速にして

ぐるぐると包帯まかれてジャム届く佐藤錦のさくらんぼジャム

桜桃忌　津島佑子も夏に逝き水死の父と如何なる会いを

辣韮と生姜を漬けて猛暑日のわが労働はこれで打ち止め

バス停に青き日傘の忘れものそこのみ光り夕波のよう

短き夢を幾つか見た後目覚めれば枕の横に西瓜が二つ

立て直しても立て直しても首垂れる紫陽花すでに世を見切ったか

黒日傘街に増えたる頃ならんあるべからざる事件の多発

障害者十九名殺される

十九名の死者の名前はあかされず　かんかんかんとサルスベリ照る

重ねられ重ねられゆく哀悼の花はいつしか優しき柩

わたくしも病者の一人　弱者もいのち生きてるいのち

仰向きて目薬さして頬伝う光の露を拭わずにいる

縁側に籐椅子ありしころなりき母が家から消えたる十日

家出という言葉を知れど意味知らず待宵草をちぎって泣いた

午睡の夢に浴衣姿の母が立ち「もっちゃん」と呼ぶ粘った声で

ブッドレア紫色の穂を伸ばしイスラム国の侵攻のよう

高野

スベリヒユ踏みつつ登る坂道に西国街道の石標のあり

高野山に行きたし奥の院のドロッと重い気を吸うために

高野槙すがた消したる裏庭に疲れたように木槿の花が

高野山にやっと来にけり黄ばみたる上田三四二の歌集を持ちて

極楽橋駅とはのどかな名称古き駅舎の張り板を撫づ

聖地高野に流れる冷気まなこの底まで澄みてくるよう

女人禁制の歴史千年ガイドブック開きつつ胡麻豆腐食む

ここに来たのは何ゆえなのか理由なんてなく来たかっただけ

玄関前で転倒

嬉しくて飲みすぎたのか転ぶとは風がほほえむような気がした

ピオーネの濃き紫を思わせる右顔面のむらさきの傷

くじけずに気ままに生きてカラコロン狗尾草の揺れは励まし

あまき音色のカリヨン聞こえ夕色のわたしを包み靴下を脱ぐ

手鏡を日に幾たびも覗きみる右顔面の傷のむらさき

しなやかにコスモス靡く東光寺ひなた選んで花びかり浴ぶ

指先を汁に濡らして剝く葡萄ロザリオビアンコ美しき名の

眼帯姿で空港ロビーを歩みゆく天体半分こぼした世界

雨の萩　しなだれ地に伏し廃線の朽ちた枕木並んだように

月光に浮き出す影はただひとり会いたきひとのなきことわびし

えのころ草風なき時間につんと立ち天神さまの門灯のよう

書き終えて宛名の主を浮かべつつ切手選ぶはひかるよろこび

インダス川の水満ちている化粧瓶タンスの上にいまだ旅人

このスニーカーで国会前に行ったのだ靴ひも洗う寒の真水で

あとがき

梅花藻を見た。

以前、映像で見て以来、いつか本物を、と思っていたのが、やっと叶ったのである。場所は、琵琶湖の南、滋賀県米原市醒井《さめがい》。地蔵川という清流に長い藻をなびかせながら、キンポウゲ科の小さな白い花を点々と咲かせる。うだるような暑さの中だったが、清流が生み出す涼気と梅花藻の可憐さに、暑さに負けそうな体が、やんわりとなごむ気がした。

この歌集は、前歌集『はやぶさ』（二〇一三年十二月刊）以来のもので、私にとって、九冊目の歌集となる。新聞、雑誌をはじめ、所属誌『未来』に発表した作品が主である。二〇〇一年秋以来、心の病気のため、毎日の服薬と月一回の通院は、今も変らないで続いているが、一度は諦めようと思ったうたが出来るようになったのは、何よりのよろこびである。歌集のタイトル『花高野』は、悩んだ末のものだが、あまり深い意味はない。紀州生れの私にとって、高野山は聖地というより、なつかしい地の一つといった感じで、昨年夏、久々に訪れた。加えて言うと、道浦姓は高野山の麓、九度山に多い姓でもある。高野の森は、古い高野槙が立ち並び、花のイメージはあまりない。ただ、清流の中に小さな花を灯す梅花藻の姿を緑の続く高野の森に重ねてみたかったのである。

『花高野』は、タイトルの印象から、一見、情緒的な歌集と感じられるが、読んでいただけると解ると思うが、久々の政治の季節を含んだ歌集でもある。

これからの日本はどうなるのか。

なぜ、こんなにも痛々しい事件が、次々と起こるのか。

私なりに考えながら日々を過ごし、うたに残したものである。お読みいただけたら幸いである。なお、小野美紀さんにアシストの感謝を――。

二〇一七年九月九日　古稀となる日に

道浦母都子

歌集　花高野　はなこうや

2017（平成 29）年 9 月 9 日　初版発行
2018（平成 30）年 4 月 5 日　2 版発行

著　者　道浦母都子
発行者　宍戸健司
発　行　一般財団法人　角川文化振興財団
〒 102-0071　東京都千代田区富士見 1-12-15
電話 03-5215-7821
http://www.kadokawa-zaidan.or.jp/
発　売　株式会社　KADOKAWA
〒 102-8177　東京都千代田区富士見 2-13-3
電話 0570-002-301（カスタマーサポート・ナビダイヤル）
受付時間　11:00 ～ 17:00（土日　祝日　年末年始を除く）
https://www.kadokawa.co.jp/
印刷製本　中央精版印刷　株式会社

落丁・乱丁本はご面倒でも下記 KADOKAWA 読書係にお送り下さい。
送料は小社負担でお取り替えいたします。古書店で購入したものについてはお取り替えできません。
電話 049-259-1100（9 時～ 17 時／土日、祝日、年末年始を除く）
〒 354-0041 埼玉県入間郡三芳町藤久保 550-1
 ISBN978-4-04-876476-6 C0092